MAURICE DE MARSAN

L'Empire du Milieu

Comédie-Vaudeville en Un Acte

Représentée pour la 1re fois sur la scène de l'Alcazar de Vichy.

3 H. 2 F.

Visa de Juillet 1902.

PARIS

C. JOUBERT, Éditeur. 25, rue d'Hauteville.

Répertoire de la Société Lyrique.

Tous droits de traduction, de reproduction et de représentation réservés pour tous pays.

Anciennes Maisons BRANDUS & JOUBERT réunies

C. JOUBERT, Successeur

ÉDITEUR DE MUSIQUE

PARIS. — 25, Rue d'Hauteville, 25. — PARIS

RÉPERTOIRE

DES OUVRAGES DE CONCERT EN UN ACTE

ABRÉVIATIONS : **D.** Veut dire du répertoire de la Société Dramatique, 3, rue Hippolyte Lebas. — Le surplus appartient au répertoire de la Société Lyrique, 10, rue Chaptal.

LOC. Veut dire : La musique n'est qu'en location et ne se vend pas.

Opérettes et Vaudevilles

AUTEURS	TITRES DES ŒUVRES	Hommes	Femm	Prix nets
Saint-Maurice.	Abricot (L') d	troupe	»	loc.
D. Campisiano..	Absalon	2	1	6 »
Guillemand.	Adrien n'aime pas le Piano.	3	1	loc.
Vallès-Garnier	Affaire Cœurdeveau (L')	5	1	loc.
St-Paul-G. Rose fils.	Agence est au-dessus (L')	3	3	
F. Bernicat	Agence Rabourdin (L')	1	1	5 »
Moreau.	Ah ! c'te Veine d	7	7	loc.
Japy.	A huitaine	troupe	»	5 »
C. Roland.	Aiguilleur (L') d	1	1	loc.
Bessière.	A la Caserne	6	2	loc.
Lebreton-Bouvet	A la légion étrangère d	troupe	»	loc.
Ch. Esquier.	Allumeur (L') d	2	1	loc.
L. Bouvet.	Ami Chambardel (L')	3	1	loc.
Bessière-Ruffier	Ami Vandière (L) d	7	6	loc.
Lebreton.	Amour à coups de poings (L')	2	2	loc.
Lebreton-St-Paul.	Amour en dentelles (L')	2	2	loc.
G. Street.	Amour en livrée (L')	3	1	5 »
Desormes.	Amour et l'appétit (L')	1	1	4 »
Vallès-Garnier.	Amour et sauvetage	3	2	loc.
A. Petit.	Amoureux d'Yvonne (Les) d	5	3	5 »
V. Roger.	Amour Quinze-Vingt (L')	3	1	4 »
Bottia, Boulay-Layrice.	Amours d'un piston (Les)	3	2	loc.
M. Gribinski.	Annonce (L')	3	3	loc.
Desormes.	Antoine et Cléopâtre d	2	1	4 »
Bessier-Moreau.	Aphrodites (Les) d	4	8	loc.
Dorfeuil-Moreau	Après la vie de Bohème d	troupe	»	loc.
L. Bouvet.	A propos de bottes	2	n	loc.
J. Emmece.	A qui le gosse ?	troupe	»	loc.
Monnery-Marien.	Argot tel qu'on le parle (L)	5	3	loc.
M. Chautagne.	Arracheuse de dents (L')	2	1	4 »
Marc Sonal.	Arrêts de rigueur	1	1	loc.
Dourel, Roydel, Beaujardin	Artistes pour rire d	6	4	loc.
Géraldy.	Ascension du Mont-Blanc (L')	1	1	4 »
L. Martin-Dubem	Auberge du Tambour battant (L')	1	2	loc.
Dudot-de-Gorsse	Au Chat qui pelote d	troupe	»	loc.
Banès.	Au Coq huppé	3	2	5 »
Uzès.	Au soleil d'or d	3	2	6 »
Lebreton-Moreau	Au temps des cerises d	5	3	loc.
Guérineau.	Auteur par amour	1	2	5 »
Lebreton-Moreau	Autour d'une guérite d	3	2	loc.
Henry Moreau.	Avant le bal	1	1	5 »
L. Rivaux et G. Dubreuil.	Avarié du Mardi-Gras (L')	3	2	loc.
Colange, Garafale, Combrel	Baba Bouzouck d	5	6	loc.
Déransart.	Baigneur et nageuse	1	1	3 »
Antigeon, Dourel-Roydel.	Baigneuses de Cocotteville (Les)	5	9	loc.
Moreau	Balayeur de chez Maxim's (Le) d	7	8	loc.
Rose fils et Ryvez	Banquier malgré lui	3	3	loc.
Lazerre.	Barbe-Bleue	1	»	2 »
L. Moche.	Baronne	2	1	loc.
Ratée-Tranchant.	Bataillon Desroches (Le) d	10	10	loc.
Antigeon-Desplau.	Battage (Le) d	2	1	loc.
A. Moyne.	Béguin d	2	1	loc.
Mestre-Aubry.	Belle Dinde (La) d	9	11	loc.
De Marsan.	Belle-mère apprivoisée (La)	4	3	loc.
Lebreton-St-Paul.	Belle-mère est sans pitié (La)	2	2	loc.
Wachs	Bibi ou l'Enfant de l'Amour	1	1	loc.
L. Lebrelier, L. Mars.	Bon billet de logement (Le)	7	6	loc
F. Bouvet-F. Muffat	Bonne nuit Tardiveau !	3 ou 2	2 ou 1	loc.
E. Bessière.	Bonsoir !!!	1	1	loc.
Cellier-Joullot	Boudoir discret	2	1	loc.
Moreau-Gramet.	Bougnol et Bougnol	4	2	loc.
Villebichot.	Boum ! Servez chaud	3	2	4 »

AUTEURS	TITRES DES ŒUVRES	Hommes	Femm	Prix net.
Hubans.	Brelan de bègues	2	1	5 »
F. Bernicat.	Cadets de Gascogne (Les)	troupe	»	7 »
Panès.	Cadiguette (La)	1	1	5 »
Saint-Paul	Cage de l'Oncle Tom (La)	3	2	loc.
Lebreton	Caïn	3	2	loc.
Javelot.	Calino amoureux	2	1	5 »
Lebreton et Soudant.	Camelots (Les)	6	5	loc.
Chevalet-Audray	Canne d'un grand homme (La) d	2	2	loc.
Lebreton-Moreau	Ça porte bonheur	5	3	loc.
V. Herpin.	Capricorne (Le)	troupe	»	loc.
F. Barbier.	Carmagnole (La)	3	3	5 »
Lebreton-Moreau	Carnaval conjugal (Le) d	9	9	loc.
A. Berthon	Carnaval des 4 z'arts	6	2	loc.
Levavasseur	Carte de visite (La)	3	3	loc.
Antigeon-Desplau.	Cascadin et Cie	6	5	loc.
Chabaud, Colonge Tranchant	Ce pauvre Bobinet	2	1	loc.
De Marsan	Ce Sacré Narcisse	4	4	loc.
E. Soudant.	Ces canailles de conturières d	6	6	loc.
Chelu	Chambre à louer	1	1	2 »
Cuvillier	Chambre à part d	4	2	loc.
Henry Moreau.	Chambre de bonne d	3	2	loc.
L. Bouvet.	Chanson de Florentin (La)	3	2	loc.
V. Roger	Chanson des Écus (La)	3	1	4 »
P. Henrion	Chanteuse par amour (La) d	»	1	6 »
E. André.	Chaos (Le)	1	1	4 »
Moreau-Boucherat.	Chasse royale d	troupe	»	loc.
Lebreton-Moreau	Chasseurs Alpins (Les) d	6	6	loc.
Cieutat.	Chaste Suzanne (La) d	troupe	»	loc.
H. Gilbert	Chaste Suzanne			loc.
Yvel	Chéri des Dames	4	2	loc.
Dourel, Roydel, E. René	Chevalier Tric-Trac (Le)	2	8	loc.
Dourel-Roydel.	Chez la Costumière d	troupe	»	loc.
Meynard	Chez le dentiste	3	1	5 »
Lhuillier	Chez les Corniquet	1	»	4 »
C. Rosenquest.	Chicard et Bébé	1	1	4 »
Bomier.	Chien et Chat d	4	1	5 »
Boulay-Layrice.	Choc en retour d	2	9	loc.
L. Bouvet.	Cinq à sept de chez Pétrone (Les)	5	4	loc.
Moreau-Gramet.	Cinq contre un	3	3	loc.
L. Bouvet-F. Muffat.	Cinq sous de Lavarenne (Les) d	4	3	loc.
E. Brasseur-L.T.	Circulaire du Préfet (La)	6	2	loc.
Villebichot.	Cirque Ponger's (Le)	troupe	»	6 »
L. Bouvet.	Clémence d'Auguste (La)	2	1	loc.
Bessière.	Clou (Le)	2	2	loc.
L. Collin.	Coco Bel-Œil	3	1	6 »
A. Petit.	Cocotte et chiffonnier	1	1	5 »
L. Bouvet.	Codicille (Le)	4	4	loc.
Villemer, Delormel, Péricaud	Colosse de Rhodes (Le)	3	»	4 »
A. Petit.	Confections pour dames	2	4	5 »
L. Bouvet-Schmoll.	Congrès des Cocottes (Le)	5	7	loc.
G. Touze H. Barbé	Conquêtes difficiles	3	1	loc.
Lebreton-Moreau.	Conscrits bretons (Les) d	7	5	loc.
L. Collin.	Conscrit tyrolien (Le)	1	3	3 »
E. Brasseur.	Constat d'adultère d	6	3	3 »
Habrekorn et P. Marc	Contes de Piron (Les)	2	10	loc.
Lebreton-Moreau	Contrôleur des Wagons-Bars (Le)	5	2	loc.
R. Maigrier F. Lemeuland	Coquins de Souliers	5	3	loc.
Ryvez.	Cordon s'il vous plaît	3	3	loc.
Lebreton-Moreau.	Côte et Cocottes	2	1	loc.
C. Roland	Courroie (La)	2	1	loc.
J. Dare et G. Habrekorn	Course aux pantalons (La) d	5	4	loc.
Habrekorn.	Couturière est au-dessus (La)	2	5	loc.

L'EMPIRE DU MILIEU

EXTRAIT DU REPERTOIRE MAURICE DE MARSAN

JOUBERT, Éditeur

SOCIÉTÉ LYRIQUE

TITRES	GENRE	HOMMES	FEMMES	DÉCOR	COLLABORATEURS
Venez donc nous voir !..	comédie	4	3	salon	»
Le jour de gloire est arrivé !	comédie	4	1	salon	»
La Facture	saynète	1	2	salon	»
L'Ami Tatzy	vaudeville	4	3	salon	»
Ce Sacré Narcisse	vaudeville	4	4	salon	»
Le Crépuscule des Vieux	»	3	2	salon	»
Le Monsieur de chez Maxim's	»	3	3	jardin	»
Un Client pas sérieux	bouffonnerie	4	3	café	»
Le Revenant de la rue de la Pompe	vaudeville	5	4	salon	»
Monsieur Babolin	comédie	3	2	salon	»
Le Ménage Blésimard	»	3	2	salon	»
L'Empire du Milieu	vaudeville	3	2	salon	»
Partie Carrée	»	4	3	atelier	»
La Belle-mère apprivoisée	vaud. opérette	4 ou 6	3	jardin	»
Le Truc de Binochet	vaudeville	3	2	jardin	GUILLEMAUD

SOCIÉTÉ DRAMATIQUE

TITRES	GENRE	HOMMES	FEMMES	DÉCOR	COLLABORATEURS
Par Téléphone (2 tableaux)	parod.-com.	3	3	jardin-salon	»
Peau Neuve	comédie	3	3	salon	»
Lebille est de Logement (3 tableaux)	vaudeville	7	8	1 café - 2 salons	»
Non Lieu	comédie	3	»	prison	»
La Culotte à l'Envers (4 tableaux)	fant.-bouffe	troupe		3 salons place publiq.	GUILLEMAUD
Les Enfants d'Edouard	comédie	2	3	salon	

MAURICE DE MARSAN

L'Empire du Milieu

Comédie-Vaudeville en Un Acte

Représentée pour la 1re fois sur la scène de l'Alcazar de Vichy.

3 H. 2 F.

Visa de Juillet 1902.

PARIS

C. JOUBERT, Éditeur. 25, rue d'Hauteville.

Répertoire de la Société Lyrique.

L'EMPIRE DU MILIEU

Comédie-Vaudeville en Un Acte

de M. Maurice DE MARSAN

Représentée pour la 1re fois sur la scène de l'Alcazar de Vichy.

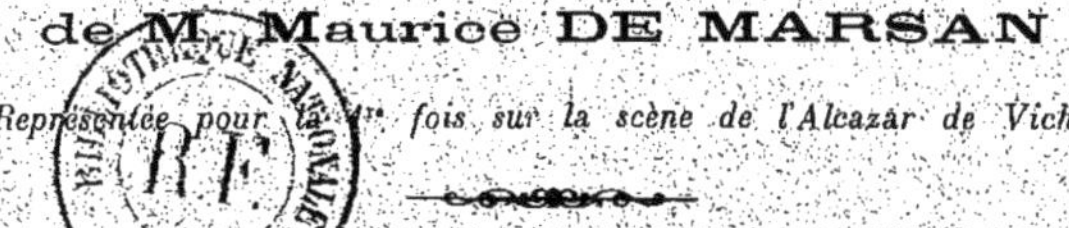

PERSONNAGES

CARAVAN, 40 ans	MM. Silvin.
MONISTROL, 35 ans.	Cotty.
FERDINAND, 35 ans	Baudrion.
JULIETTE, 30 ans	Mme Bréhy.
LA PETITE DAME, 25 ans	Valentza.

De nos jours

Un salon-bureau, porte au fond donnant sur l'anti-chambre, porte à droite donnant sur une chambre à coucher, à gauche une cheminée, du feu, un vaste canapé, fauteuils, chaises, un bureau à tiroirs avec écritoire, l'ameublement est d'un luxe de mauvais goût. Trois heures de l'après-midi.

SCÈNE

Caravan, Monistrol

Caravan, entre, le chapeau sur la tête, en pardessus, il est accompagné de Monistrol qui regarde autour de lui avec stupéfaction, il referme la porte.

Eh bien ? ça ne vous dit rien ?

MONISTROL

Ma foi non !... Chez qui sommes-nous ici ?

CARAVAN, *qui a quitté chapeau et pardessus.*

Chez moi ! (*A Monistrol qui le regarde étonné*) Mais oui... monsieur Leroy... c'est moi ! c'est un nom d'emprunt que j'ai pris... d'ailleurs c'était indispensable pour ma petite combinaison... Mais asseyez-vous donc, mon cher Monistrol... quittez aussi votre pardessus... vous avez bien un moment... tenez... prenez donc un cigare !

MONISTROL, *s'asseyant.*

Volontiers !... (*Il prend un cigare et l'allume*) Écoutez, Caravan, je marche de surprise en surprise... Tout à l'heure je vous rencontre à la Bourse... nous bavardons et subitement vous me proposez de vous accompagner chez un de vos amis... vous me conduisez ici... et une fois dans la place vous m'annoncez que nous sommes chez vous... Est-ce à dire que vous auriez loué cet appartement pour un genre d'occupations exigeant le mystère et la garantie d'un faux nom ?

CARAVAN, *riant.*

Tout juste ! c'est mon petit Parc aux Cerfs... aux biches plutôt !... hein ! Vous ne vous attendiez pas à celle-là ?

MONISTROL, *l'air entendu.*

Ma foi non !... Alors... c'est ici que vous prenez vos ébats ?

CARAVAN, *riant.*

Mes ébats... parfaitement... et je vous prie de croire que je ne m'embête pas un seul instant. Tous les jours, après la Bourse... je viens ici de 4 à 7 et tous les jours...

MONISTROL

Votre maîtresse vient vous rejoindre ?...

CARAVAN

Mais non... mais non... vous n'y êtes pas... et c'est là précisément que la chose est amusante... je n'ai pas de maîtresse !

MONISTROL

Enfin... je veux dire que c'est là que vous amenez vos conquêtes ou qu'elles viennent vous retrouver...

CARAVAN

C'est plutôt ça... mais ça n'est pas encore ça...
il faut que je vous mette au courant.

MONISTROL

Je ne demande pas mieux !

CARAVAN

Eh bien ! voilà !.. Vous qui me connaissez
depuis longtemps, vous connaissez aussi ma vie...
ma vie intime. Vous êtes assez familier de la maison pour savoir que Juliette... Madame Caravan,
ma femme, est d'un tempérament plutôt... ré-
servé... elle est très pot-au-feu, ma femme !.. très
pot-au-feu !..

MONISTROL

Soit ! mais il m'avait semblé que vous-même
étiez bien tranquille à certain point de vue...

CARAVAN

J'étais... Monistrol... vous avez bien dit...
j'étais... mais je ne suis plus... Ah ! mon cher
ami... Je ne me reconnais plus moi-même... Pendant un temps je suis resté calme... Oh ! mais
d'un calme au point que c'est moi qui ai proposé
à Juliette de faire chambre à part — ce qu'elle a
d'ailleurs accepté avec enthousiasme car de son
côté... Enfin... passons... Mais depuis quelque
temps... je ne sais ce qui s'est passé en moi...
mais un beau matin je me suis réveillé tout autre...
Ne riez pas, c'est l'exacte vérité !..

MONISTROL

Mais... je n'en doute pas... c'est votre réveil
qui me donnait une idée joyeuse...

CARAVAN, riant.

Farceur... va !. Or donc. . Je me suis senti ra-
jeuni de vingt ans... c'est positif... malheureusement j'étais seul à avoir subi ce rajeunissement...
physique et madame Caravan m'a envoyé pro-
mener quand j'ai tenté un rapprochement...

MONISTROL

Décidément, vous affectionnez le langage imagé.

CARAVAN, tout à son idée.

Alors... je me suis dit : Caravan, mon ami...
tant pis... la nature parle... elle commande... il
faut lui obéir...

MONISTROL

Et vous lui obéissez !

CARAVAN

Aveuglément !.. je devance même ses ordres !
Ah ! Monistrol... je ne me connaissais pas moi-

même... J'étais un chaste... je suis devenu un
satyre... oui... un satyre... Il me faut des femmes...
il me les faut toutes... Il y a un empereur qui
souhaitait que le peuple romain n'eût qu'une seule
tête pour pouvoir la lui couper d'un seul coup...
Eh bien ! Monistrol ! Je suis comme lui... je
voudrais...

MONISTROL

Mais... c'est effrayant...

CARAVAN

C'est ce que je me dis !.. mais je n'y peux
rien... Alors que voulez-vous ? Pour satisfaire ma
passion j'ai eu recours à un moyen... j'ai loué
sous le nom de Leroy, un nom banal, imperson-
nel... cet appartement et c'est ici... que tous les
jours... plusieurs fois par jour... je... je... reçois
mes visites.

MONISTROL

Tous mes compliments !

CARAVAN

Lisez-vous quelquefois les petites annonces à
la 4ᵉ page des journaux ? (Geste négatif de Monistrol) Non... Eh bien... lisez-les ! Vous y trouverez des annonces comme celle-ci : « Peintre
amateur, demande modèle jeune femme blonde,
belle chevelure, pour poser l'ensemble. — S'a-
dresser de 4 à 7, chez M. Leroy, 188, rue Rossini ». C'est moi ! Ou bien encore : « On demande joli mannequin brune gagnant de suite,
écrire avec photo M. L., 188. Bureau du journal ». C'est encore moi !

MONISTROL

Vous allez bien ! Je vois ça !

CARAVAN

Grâce à mon système, c'est ici, un défilé de
petites femmes charmantes... et je n'ai que la
peine de choisir.

MONISTROL

Et toutes celles que vous... choisissez accep-
tent de se prêter au rôle que vous leur faites
jouer... car je ne vous savais pas peintre ou
couturier ?..

CARAVAN

Si elles s'y prêtent ? mais avec enthousiasme !
Pourtant prêter est inexact... il s'agit rarement
d'un prêt... le plus souvent, toujours même,
c'est... une donation...

MONISTROL

Entre vifs !.. Je comprends... mais enfin, vous
ne rencontrez pas de vertus ?..

CARAVAN

D'abord, ça n'est qu'un mot et j'avais prévu la chose ! Qu'est-ce que vous pensez du cadre... du mobilier...

MONISTROL

Si vous voulez mon avis bien sincère... je le trouve de mauvais goût... ça sent la cocotte d'une lieue !

CARAVAN

Ça y est !.. Vous avez trouvé... eh bien ! c'est voulu. Ce mobilier provient de l'Hôtel des Ventes... c'est le mobilier d'une femme galante... Mais je l'ai acheté avec intention... en sachant bien ce que je faisais. Vous savez ce que c'est que l'influence du milieu... n'est-ce pas ? Eh bien, ça y est... ça y est en plein ! le milieu opère... il opère de lui-même... tenez ce canapé !... il a dû en voir de toutes les couleurs chez sa première propriétaire... il en a tant vu qu'il est érotique... c'est le dévergondage capitonné ! Une femme résiste-t-elle ? Je n'ai qu'à la faire asseoir là... aussitôt elle devient traitable... elle s'humanise !.. Hein ! Qu'est-ce que vous en dites ?

MONISTROL

Je dis que ça doit vous coûter cher !

CARAVAN

Assez... j'ai fait le calcul ; chaque... entretien me revient dans les deux louis... l'un dans l'autre ça fait à peu près ça.

MONISTROL

Sapristi !

CARAVAN

Mais j'ai une bourse spéciale... ma bourse de jeu !..

MONISTROL

Votre petite bourse du soir !

CARAVAN

Je fais des économies à l'insu de ma femme et je les enferme là... (*Il désigne le bureau*) car avec sa manie de fouiller partout elle aurait bientôt déniché le magot si je le conservais à la maison... et je n'y tiendrais pas... tenez... vous allez voir. (*Il va au tiroir, l'ouvre*) Ah ! j'étais tellement à notre conversation que j'oubliais ça... (*Il sort un paquet enveloppé*) Vous ne vous doutez pas de ce que c'est ?

MONISTROL

Pas le moins du monde !

CARAVAN

C'est un corset, mon cher, un corset... un joli corset de satin rose tout fanfreluché... un corset de jolie femme, de femme élégante et je dirai plus... de femme légère !... c'est un corset pour amants... un corset d'adultère... car celle qui possède ce corset est mariée... ce n'est pas un corset de courtisane... mais bien celui d'une femme qui trompe son mari, ça se voit... il est provocant... il n'est pas dévergondé... vous allez en juger par vous-même... car vous qui êtes garçon vous avez dû en voir pas mal dans votre existence...

MONISTROL

Pas tant que vous croyez !

CARAVAN

Voyons... ne faites pas l'innocent... vous cachez votre jeu ! Je suis bien sûr que vous devez avoir dans quelque coin une gentille petite maîtresse... hein ?

MONISTROL

Mais non... je vous assure !..

CARAVAN

Allons donc ! ce n'est pas à moi qu'il faut raconter ça. Je ne le dirai pas... soyez tranquille... Seulement j'avais pensé à une chose... vous me présenterez à votre maîtresse et nous pourrons faire de petites parties carrées, lorsque j'aurai rencontré de mon côté une petite femme bien gentille...

MONISTROL

Soit, nous en reparlerons ! Mais vous n'avez pas fini de me raconter l'histoire du corset !

CARAVAN

C'est vrai ! Figurez-vous que ce corset... je l'ai trouvé avant-hier dans une voiture... le cocher n'a pu me fournir de renseignements... il y avait bien avec le corset un paquet de lettres mais pas d'adresse sur les enveloppes, rien que des initiales...

MONISTROL

Et vous n'avez pas lu les lettres ?

CARAVAN

Jamais de la vie !.. Je suis un satyre... mais un satyre galant homme... et je ne me serais pas permis...

MONISTROL

De sorte que vous êtes sans indications sur la propriétaire du corset..?

CARAVAN

Absolument ! Mais je ne m'arrête pas pour si peu ! Immédiatement j'ai eu recours à mon système, j'ai mis dans les journaux une annonce ainsi conçue : « La personne qui a oublié un corset et un paquet de lettres dans une urbaine le... peut venir chercher le tout chez M. Leroy, 188, rue Rossini, de 4 à 7.

MONISTROL

Et vous n'avez pas encore reçu de visites ?

CARAVAN

Des visites ! Si j'en ai reçu ? Quatorze hier sans compter les lettres et les télégrammes... vingt-neuf en tout. C'est étonnant ce qu'il se perd de corsets et de lettres, à Paris, le même jour, dans des urbaines !..

MONISTROL

Et parmi les vingt-neuf réclamantes aucune n'était la légitime propriétaire ?..

CARAVAN

Aucune ! Mais il en viendra d'autres aujourd'hui. (*La pendule sonne 4 heures*) 4 heures ! il faut que j'aille à la poste...

MONISTROL, *se levant.*

Je vous accompagne...

CARAVAN

Mais non..! Rendez-moi le service de rester ici... s'il vient quelqu'un vous ferez attendre.. voulez-vous ? (*Il met son chapeau et son pardessus.*) Ça ne vous ennuie pas... au moins ?

MONISTROL

Au contraire !

CARAVAN

Tenez, voilà des cigares... A tout à l'heure ! (*Il sort.*)

SCÈNE II

Monistrol, *seul.*

Il va bien... cet excellent Caravan... il va bien ! il trompe sa femme avec une désinvolture vraiment adorable ! D'ailleurs, ce n'est que justice puisqu'elle le trompe de son côté... Mais ça ne fait rien... elle y met plus de mesure que lui cette pauvre Juliette..! Mais je dois dire que c'est un peu moi qui la reffrène, car elle a un tempérament plutôt... excessif... Ah ! comme tous ces maris connaissent peu leurs femmes... Cette Juliette est d'une tendresse fatigante.. j'en sais quelque chose depuis dix-huit mois que ça dure ! Ah ! le pauvre Caravan est bien tombé pour faire ses confidences ! Il est à cent lieues de se douter

que je suis le dérivatif des ardeurs conjugales... Enfin... c'est la vie ! D'ailleurs ce n'est guère de ma faute si je suis l'amant de sa femme... c'est la fatalité qui l'a voulu ! la fatalité aidée par mon parrain... car moi qui aime tant la tranquillité, je ne serais certes pas allé détourner de ses devoirs la femme de cet excellent Caravan ! Oh ! Non ! Mais... voilà... je suis un type dans le genre de la belle Hélène... que pouvais-je contre la destinée. Elle s'appelait Juliette... et grâce à mon parrain épris de romantisme, je devais forcément devenir son amant... puisque je porte le prénom ridicule de Roméo !.. Ah !.. la vie ! (*Il va au paquet renfermant le corset et l'ouvre distraitement.*) Hein !.. Mais ce corset, il appartient à Juliette... elle l'avait avant-hier quand elle est venue chez moi... je le reconnais, je l'ai même payé cinq louis à la corsetière... pour le connaître... Et l'urbaine ! C'est vrai c'est moi-même qui l'ai arrêtée... Et mes lettres... ce sont mes lettres... Diable ! Diable ! Heureusement que je suis prévenu... Monistrol, mon ami, tu vas faire disparaître lettres et corset et dire à ce bon Caravan qu'on est venu chercher le tout en son absence... (*Sonnerie*) Allons... bon ! une réclamante. (*Refermant le paquet.*) On arrangera ça... (*Il sort.*)

SCÈNE III

Monistrol, Juliette.

JULIETTE, *entrant très voilée.*

Tiens ! Tiens ! C'est vous M. Leroy ? C'est très bien !

MONISTROL

Mais, Madame !..

JULIETTE, *levant son voile.*

Ah ! vous ne m'attendiez pas... n'est-ce pas ?

MONISTROL, *stupéfait.*

Juliette !.. Ah bien par exemple !

JULIETTE

Ça vous embête de me voir ici. hein ! Ici... où vous faites vos farces !

MONISTROL

Ecoute, Juliette... je vais t'expliquer...

JULIETTE

Non... je vous dispense de me raconter des mensonges... il me suffit de savoir que vous avez loué à mon insu un appartement... et sous un faux nom encore !

MONISTROL.

Mais je t'assure...

JULIETTE

Ne m'assurez rien... tout est fini entre nous...

MONISTROL

Mais puisque je te dis que ce n'est pas moi... voyons, réfléchis un peu...

JULIETTE

Je ne veux pas réfléchir !...

MONISTROL

C'est idiot, tout simplement ! Est-ce que tu te figures que si j'étais vraiment le locataire... ce monsieur Leroy.. j'aurais mis une annonce pour ton corset !... Tiens !... (Il brandit le corset)..

JULIETTE

C'est pourtant vrai !... Mais, écoute, j'ai été si troublée, si surprise en te voyant...

MONISTROL

Tu vois !... tu t'emballais à tort !... et dire que tu ne voulais même pas m'écouter !

JULIETTE

Je te demande pardon... Ç'a été plus fort que moi !...

MONISTROL, l'embrassant.

Pauvre petite chatte !

JULIETTE

Alors... explique-moi ta présence chez ce monsieur Leroy ?

MONISTROL, à part.

Voilà le chiendent ! (Haut) Eh bien ! voilà... moi aussi j'ai lu l'annonce...

JULIETTE

Mais... puisque nous ne nous sommes pas vus depuis avant-hier, comment pouvais-tu savoir que j'avais oublié mon corset en voiture et que c'était justement...

MONISTROL, à part.

Je n'avais pas pensé à ça. (Haut) J'ai eu comme un pressentiment... oui... un pressentiment... alors... à tout hasard...

JULIETTE

C'est vrai... tu savais que j'étais partie de chez toi avec mon corset enveloppé dans un journal et puis il y avait les lettres !...

MONISTROL

C'est ça... c'est tout à fait ça... les lettres... oui oui !

JULIETTE

Et puis l'urbaine...

MONISTROL

Et puis l'urbaine... parfaitement... et je me suis précipité chez ce monsieur Leroy... voilà !

JULIETTE

Dis donc ? Comment se fait-il qu'il te laisse tout seul ici ? Tu le connais donc, ce monsieur ?

MONISTROL

Mais oui... précisément ! je le connais... oh ! c'est bien bizarre... c'est un de mes amis... je l'avais perdu de vue et je le retrouve ici ! il s'est absenté un moment et m'a prié de rester, car il attend quelqu'un...

JULIETTE

Eh bien ! je ne te fais pas mon compliment de cette relation. Ce m'a l'air d'un joli monsieur... ton Leroy !.. Tu ne lis jamais les petites annonces... toi ?

MONISTROL

Non... si... quelquefois... la preuve, c'est que j'ai lu celle du corset...

JULIETTE

Dans ce cas tu as dû lire les obscénités qu'il fait insérer... c'est un Minotaure... ce Leroy... il lui en faut des femmes...

MONISTROL

Tu as raison... Au collège il était déjà comme ça... il n'est guère recommandable... mais enfin... là n'est pas la question, nous lui devons quand même une fière chandelle... Songe un peu si tes lettres étaient tombées entre les mains de quelqu'un de malhonnête qui s'en soit servi pour nous faire chanter !.. Mais heureusement qu'il n'en est rien... les voilà... tu vas les prendre et filer avec ton corset, parce que... Caravan peut...

JULIETTE

Hein ? tu as prononcé le nom de mon mari...

MONISTROL

Moi... j'ai ?...

JULIETTE

Oui... tu as dit : Caravan peut...

MONISTROL, riant.

J'ai dit : car, avant peu... Leroy va revenir et il ne faut pas que tu le voies...

JULIETTE

Pourquoi ça... il ne me connaît pas... et je serais curieuse de le voir, cet homme.

MONISTROL

C'est ce qui te trompe... il te connaît.. il te connaît très bien... ainsi tu vois... il faut partir... prends ton corset, tes lettres et sauve-toi !

JULIETTE

Tu es bien pressé de me faire partir... d'abord je ne connais personne du nom de Leroy... et je commence à croire que tu ne me dis pas toute la vérité !..

MONISTROL

Mais si... je t'assure... mieux vaut que tu partes. (*Sonnerie*) Quand je le disais... sapristi... (*Ouvrant la porte de la chambre*) Tiens... fourre-toi là... et surtout ne bouge pas...

JULIETTE

Je veux bien... mais, tu sais Roméo... j'écouterai ! (*Elle entre dans la chambre.*)

MONISTROL

Comment, ça va-t-il finir ? (*Il sort.*)

SCENE IV

Monistrol, la petite dame.

LA PETITE DAME, *entrant en coup de vent.*

Oh ! je vous en supplie, Monsieur, rendez-le moi, il est entre vos mains...

MONISTROL

Je ne demanderais pas mieux, Madame, mais... (*Il montre ses mains*) Je ne sais pas de quoi vous voulez parler...

LA PETITE DAME, *volubile.*

De mon honneur ! oh ! oui, n'est-ce pas ! vous n'allez pas me trahir... car je suis mariée, Monsieur, je suis une honnête femme, j'ai commis une faute, une faute légère, mais vous n'abuserez pas de ce secret que le hasard a mis entre vos mains ! (*Elle s'assied sur le canapé.*)

MONISTROL, *exhibant de nouveau ses mains.*

Encore une fois, Madame...

LA PETITE DAME

Ne dites pas non !... D'abord... je ne sortirai pas d'ici avant que vous me l'avez rendu...

MONISTROL

J'y suis tout disposé... si c'est en mon pouvoir !..

LA PETITE DAME, *avec effusion,*

Oh ! merci...

MONISTROL

Mais auparavant, il faudrait s'entendre...

LA PETITE DAME, *avec un clin d'œil qui échappe à Monistrol.*

Oui... je sais... eh bien... venez... là, près de moi ..

MONISTROL, *allant s'asseoir — à part.*

Le canapé aphrodisiaque... (*Haut*) Voilà !

LA PETITE DAME, *lui sautant au cou,*

Si vous voulez... seulement, jurez-moi de me rendre mon corset.

MONISTROL, *à part.*

Le canapé opère... Caravan avait raison ! (*Haut*) Mais d'abord...

LA PETITE DAME, *ouvrant son corsage.*

Je m'y attendais un peu en venant... et puis quand vous m'avez ouvert la porte, je me suis dit :... il est gentil garçon... tant mieux... puisqu'il faudra en passer par là...

MONISTROL, *à part, louchant sur le corsage de la petite dame.*

Sapristi ! Je ne sais pas si c'est l'influence du canapé..!

LA PETITE DAME

Allons... répondez... Vous me jurez...?

MONISTROL, *très mal à l'aise.*

Oui... oui ! (*A part.*) Oh ! si Juliette n'était pas là !

LA PETITE DAME

A la bonne heure ! Seulement je suis un peu pressée...

MONISTROL, *à part.*

Après tout ! Juliette entend, mais elle ne voit pas ! (*Il embrasse la petite dame dans le cou.*)

SCENE V

Les Mêmes, Juliette

Juliette, apparaissant.

Ah ! Ah ! Je ne m'étais donc pas trompée..
Vous ne nierez pas... maintenant ... Et moi qui
étais assez sotte pour vous croire tout à l'heure...

MONISTROL

Ma chère amie...

JULIETTE,

Monsieur Monistrol... je vous défends...

LA PETITE DAME

Comment ? Vous n'êtes pas M. Leroy ?

MONISTROL, *embêté.*

Mais non... je ne suis pas M. Leroy !

LA PETITE DAME

Alors ça n'est pas ici ?

MONISTROL

Si... c'est tout de même ici... seulement... (A
part.) Oh ! la ! là ! la ! Ma tête !

LA PETITE DAME

Seulement ?

MONISTROL

M. Leroy est sorti !

Juliette, à Monistrol.

Et vous le remplacez !

LA PETITE DAME

Mais il faut que je voie M. Leroy lui-même !
C'est lui qui a mon honneur entre ses mains !
Va-t-il bientôt venir ?

MONISTROL

Oui ! Madame ! D'un moment à l'autre ; seulement vous entendez bien... ne vous avisez pas de
lui parler de Madame. (*Désignant Juliette.*) Là
aussi... il y va de l'honneur d'une femme mariée !
(*Sonnerie.*) Tenez... c'est lui... Je vous ferai rendre votre honneur seulement pas un mot... c'est
convenu.

LA PETITE DAME

Oui !...

MONISTROL, *à Juliette.*

Vous... retournez là...

JULIETTE

Non, mon cher... je prétends rester ici... c'était
bon tout à l'heure, mais ça ne prend plus maintenant... je le verrai monsieur Leroy... moi aussi
je veux le voir...

MONISTROL

Mais c'est de la folie, le temps presse... cachez-
vous ?

JULIETTE

Non... je vous dis que je ne me cacherai pas !
(*Sonnerie*).

MONISTROL

Oh ! tant pis ! après tout ! vous voulez vous
perdre en restant là !

JULIETTE

Me perdre ? (*Sonnerie prolongée.*)

MONISTROL

Oui, vous perdre !... puisque Leroy... c'est...
c'est...

JULIETTE

C'est ?

MONISTROL

Tant pis !... C'est Caravan !

JULIETTE

Oh ! mon Dieu ! (*Elle se précipite dans la
chambre.*)

MONISTROL, *à la petite dame.*

Et vous... pas un mot ! (*Il sort*).

SCENE VI

La Petite Dame, Monistrol, Caravan.

CARAVAN, *entrant sans voir la dame.*

Onze petits bleus et trente-deux lettres ! Quel
courrier ! (*Il aperçoit la petite dame*) Madame !
(*A Monistrol, bas*) Ah ! ah ! mon gaillard... je
comprends pourquoi vous m'avez fait attendre à
la porte ! (*A la dame*) Je suis à vous... (*Tout en
se débarrassant de son pardessus, bas à Monistrol*) Hein ! l'influence du milieu !... Est-ce que
vous avez réussi ?..

MONISTROL, *bas.*

Non...

CARAVAN, *bas.*

Eh bien ! vous allez voir ça. (*Haut*) Madame, je
vous écoute...

LA PETITE DAME

Vous êtes bien monsieur Leroy ?

CARAVAN

Mais oui, Madame, je suis monsieur Leroy...
et qu'y a-t-il pour votre service ?...

LA PETITE DAME

Monsieur... vous pouvez me rendre l'honneur !

CARAVAN

Il me semble que pour vous rendre ce que
vous réclamez... il faudrait d'abord que je vous
l'eusse ravi... et je n'ai pas eu cet avantage...

LA PETITE DAME

Monsieur, le moment est mal choisi pour plai-
santer !..

CARAVAN

Oh ! ne croyez pas... (A part, se frappant le
front) Et moi qui la laisse debout ! (Haut) Mais
prenez donc la peine de vous asseoir.

LA PETITE DAME, qui s'est assise sur le canapé.

Voilà... je suis mariée...

CARAVAN, s'asseyant près d'elle.

Et nous trompons notre mari... (A Monistrol,
bas) Vous allez voir !

LA PETITE DAME, souriant.

Oui... un peu...

CARAVAN

A la bonne heure ! Nous trompons notre brave
cocu de mari, qui ne s'en doute pas... comme tous
les cocus, d'ailleurs... Et nous avons... un... ou
plusieurs amants...

LA PETITE DAME

Oh ! Monsieur ! Un seul ! Un seul à la fois !..

CARAVAN

Un seul à la fois ! Charmant !.. Vous êtes adorable !.. Vous avez entendu, Monistrol ?..

LA PETITE DAME

Et figurez-vous qu'avant hier, en partant de
chez mon ami...

CARAVAN

Son ami ! Délicieux !.. Elle est exquise !

LA PETITE DAME

J'ai pris un fiacre...

CARAVAN

Une urbaine ?..

LA PETITE DAME

Tout juste !

CARAVAN

Et nous avons oublié notre corset dans l'Urbaine ?

LA PETITE DAME

Oui !.. Et c'est vous qui l'avez trouvé ?

CARAVAN

C'est moi !.. (Il l'embrasse.)

LA PETITE DAME

Mais vous allez me le rendre... n'est-ce pas ?

CARAVAN

Oui, mon ange !.. Seulement... avant...

LA PETITE DAME, enjouée.

Oh ! le vilain polisson... je m'y attendais...

CARAVAN, bas à Monistrol.

Vous voyez ! Qu'est-ce que je vous disais ?

MONISTROL, bas.

Il n'y a pas à dire... c'est épatant.

LA PETITE DAME

Je ne dis pas non... seulement (Désignant
Monistrol) votre ami...?

CARAVAN

Lui !... Mais nous n'allons pas rester ici. (Il
se dirige vers la chambre.)

MONISTROL, à part.

Ah ! pour ça, non ! (Bas à Monistrol) Restez
donc ici... vous pourriez rompre le charme...
servez-vous de l'influence du milieu... moi... je
vais passer à côté !...

CARAVAN, bas.

C'est ça ! (Haut) Mon cher ami, voulez-vous
passer dans l'autre bureau pour dépouiller le courrier... tenez... (Il lui remet les lettres) Pendant ce
temps-là, madame va m'exposer sa petite affaire.
(A la petite dame) N'est-ce pas ?

MONISTROL, à part.

Il est cynique... (Haut) Mais oui, cher ami,
mais oui... (A part) Je vais me concerter avec
Juliette. (Il sort.)

La Petite Dame, *enlevant son chapeau.*

Et maintenant... dépêchons-nous !

Caravan, *à part.*

Le milieu opère ! Le milieu opère !

La Petite Dame

Mais vous me promettez de me rendre mon corset...?

Caravan

C'est promis...

La Petite Dame

Mais je veux le voir... où est-il ?

Caravan

Là, enveloppé dans un journal....je vous le donnerai tout à l'heure !..

La Petite Dame

Non... maintenant !

Caravan

Pourquoi... ça n'est pas la peine...

La Petite Dame

Oh ! Si, dites ! Donnez-le-moi tout de suite... je serai bien gentille et puis, comme ça on ne risquera pas de l'oublier...

Caravan, *allant à la table et développant le corset.*

Tenez... le voilà... êtes-vous contente...?

La Petite Dame, *se levant.*

Mais, ça n'est pas le mien !... *(Rajustant son corsage)...* Il n'y a rien de fait...

Caravan, *à part.*

Zut ! C'est un lapin ! *(Sonnerie.)*

La Petite Dame

Tenez... on sonne !...

Caravan

J'ai bien entendu ! *(Il cherche à l'enlacer.)*

La Petite Dame, *à part.*

Mais allez donc ouvrir !

Caravan, *à part.*

Elle est debout... Le charme est rompu !.. *(Haut.)* Non... je ne veux pas vous laisser partir avant que vous m'ayez promis... *(Sonnerie.)*

La Petite Dame, *se dégageant.*

Nous allons bien voir ça !

Caravan

Voyons ! Soyez gentille... *(Sonnerie prolongée.)* Ah ! Au diable l'importun ! *(Appelant)* Monistrol Monistrol !

Monistrol, *apparaissant.*

Hein ! Quoi ! Qu'est-ce qu'il y a?

Caravan

On sonne, mon vieux, voulez-vous ouvrir ?

Monistrol

C'est bon ! C'est bon ! On y va... *(Il sort)*

Caravan

Je vous en supplie... ça n'est pas de ma faute si le corset n'est pas à vous...

SCÈNE VII

Les Mêmes, Ferdinand.

Ferdinand, *à la cantonade.*

Laissez-moi passer.. vous dis-je ?

La Petite Dame

Oh ! mon Dieu ! Cette voix ! c'est lui !

Caravan

Hein !

Ferdinand, *repoussant Monistrol pénètre dans le salon.*

Ah ! ah ! Je m'en doutais ! *(A la petite femme.)* Levez-vous, épouse adultère !

Caravan, *à part.*

C'est le mari !.. Aïe.. Aïe... Aïe !

Ferdinand

Quant à vous... à vous deux, . nous règlerons ça plus tard...

La Petite Dame

Ferdinand... je te jure !

Ferdinand

Inutile... j'y vois clair... Madame !.. Je vous ai suivie... je vous ai vue entrer dans cette maison où vous attendaient ces deux... saligauds...

Monistrol

Mais, Monsieur...

Ferdinand

Taisez-vous, je n'ai pas besoin d'explications...

Caravan, à part.

Gagnons du temps ! (*Haut.*) Ah ! elle est raide celle-là !.. Vous pénétrez de force chez les gens, vous y faites du scandale et vous nous insultez sans même dire qui vous êtes...

Ferdinand, *tirant une carte.*

Tenez !..

Caravan, *lisant.*

Ferdinand Vaujoly... Eh bien ! monsieur Vau joly, laissez-moi vous dire que Madame votre épouse...

Ferdinand

D'abord ça n'est pas ma femme !

Monistrol

Eh bien ! Alors, si vous n'êtes pas son mari... qu'est-ce que vous fichez là ?

Caravan, *bas à Monistrol.*

C'est peut-être son frère...

Ferdinand

Je suis l'amant de Madame !

Caravan

Ah ! pour le coup, voilà qui n'est pas ordinaire ! Vous êtes son amant et vous faites les grands bras en l'appelant épouse adultère... avouez que vous avez un certain culot !

Ferdinand

C'est mon droit strict, Monsieur ! En trompant son mari... cette femme... cette misérable... (*Protestation muette de la petite dame*) Je vous prie, laissez-moi parler... (*A Caravan*) Cette femme n'a rien fait de répréhensible, c'est la règle... une femme ne se marie que pour avoir un mari à tromper... mais tromper son amant... c'est une infamie...

La Petite Dame

Mais... je t'assure que je ne t'ai pas trompé...

Caravan

Oh ! pour ça, non... je vous en donne ma parole...

Monistrol

Moi aussi !

La Petite Dame

Quand je te le disais... tu vois !..

Ferdinand

Dans ce cas... que faisait-elle ici ?

Caravan

Madame venait chercher son corset.

Monistrol

Qu'elle avait oublié dans un fiacre.

La Petite Dame

Avant-hier, en partant de chez toi !

Ferdinand, *s'asseyant.*

Est-ce possible ? Et moi qui croyais... Oh ! Messieurs... je suis confus, désolé, je retire les saligauds de tout à l'heure,... je retire tout ce que j'ai dit d'offensant... Mais vous m'excuserez,... c'est le souci de l'honneur de son mari — car madame a un mari — qui m'a fait agir inconsidérément. Car, Messieurs, je me suis constitué le gardien de l'honneur conjugal. Madame trompe son mari avec moi, c'est naturel, c'est dans l'ordre, mais pour rien au monde, entendez-vous, pour rien au monde je ne tolèrerai qu'elle le trompe avec d'autres, qu'elle rende ridicule un homme aussi digne de sympathie, de respect même... oui... de respect... C'est mon meilleur ami... j'ai sa confiance et je tiens à la justifier...

Caravan

Voilà des aperçus très originaux...

Ferdinand

Et croyez bien, Messieurs, que ma tâche est ingrate... (*Désignant la petite dame*) C'est une enfant, une tête folle... incapable de résister à un entraînement ! Ah ! si je n'étais pas là... Je frémis rien qu'à l'idée de ce qui pourrait arriver... j'empêche des catastrophes !

Monistrol

Vous faites la part du feu !

Ferdinand

Absolument ! Je vois avec plaisir que vous m'avez compris... vous avez apprécié la grandeur de ma mission... qui est de haute moralité... je suis l'amant qui sauvegarde l'honneur du mari...

Monistrol *et* Caravan, *ensemble.*

Très bien ! très bien !

FERDINAND

Et maintenant que je vous ai expliqué mon rôle — mon rôle social, je peux le dire — vous devez comprendre et excuser mon attitude de tout à l'heure.

MONISTROL

Vous êtes tout excusé... (A Caravan) N'est-ce pas ?

CARAVAN

Absolument ..

FERDINAND

Il me reste à vous remercier, au nom du mari que je représente et au mien, de votre intervention puisque c'est grâce à vous que Madame va rentrer en possession de ce corset dont la perte lui cause une si légitime inquiétude...

LA PETITE DAME

Malheureusement... ce n'est pas le mien !

FERDINAND, terrible.

Comment ? ce n'est pas le vôtre ! Mais alors...

LA PETITE DAME

Mais non... celui-ci est rose... le mien est bleu !

FERDINAND, furieux.

Dans ce cas... où est le vôtre... Ce n'est donc pas dans un fiacre que vous l'avez oublié !... C'est sans doute chez quelque amant !

CARAVAN

Monsieur ! Monsieur ! Un peu de modération !

FERDINAND

C'est vrai ... mais... si je ne me retenais pas !

MONISTROL

Retenez-vous, monsieur, retenez-vous et avant de vous livrer à quelque fâcheuse extrémité, passez donc à la Préfecture de Police... au bureau des objets trouvés...

FERDINAND

Merci du conseil, Monsieur, j'y cours... mais si je n'y trouve pas le corset... ce sera terrible ! (A la petite dame) Venez, Madame !

CARAVAN

Mais vous le trouverez... c'est certain ! (A la petite dame) Madame ! (Il salue.)

FERDINAND

Il faut que je le trouve ! Ça n'est pas pour moi... ça m'est égal... je ne suis pas jaloux... c'est pour son mari ! (Saluant) Messieurs ! (Ils sortent.)

SCÈNE VIII

Caravan, Monistrol.

CARAVAN, revenant.

Eh bien ! Qu'est-ce que vous en dites ? Voilà un gaillard qui n'est pas banal !

MONISTROL

Certes non ! (A part) Maintenant, il faut le faire filer...

CARAVAN

Oh ! mon cher... on en voit de toutes les couleurs et on reçoit parfois de ces lettres... non... mais ça n'est rien de le dire !... Ah ! à propos de lettres ... qu'est-ce qu'il y avait au courrier ?...

MONISTROL

Je n'ai pas eu le temps de le dépouiller...

CARAVAN

Dites plutôt que vous avez regardé par le trou de la serrure, espèce de paillard.

MONISTROL

Regardé ?

CARAVAN

Oui... pendant que j'essayais le pouvoir de mon canapé sur la petite dame qui sort d'ici... hein vous avez vu l'influence du milieu...?

MONISTROL

Pourquoi pas, l'empire du milieu pendant que vous y êtes...

CARAVAN, riant.

Très joli ! très joli ! Je le replacerai ! l'empire du milieu !

MONISTROL

Si vous voulez ! Mais je puis vous assurer que je n'ai rien vu ni rien regardé ! (A part) Comment le faire partir ?

CARAVAN

C'est bon ! c'est bon ! Nous allons voir ces fameuses lettres. (Il va vers la porte) Elles sont là... n'est-ce pas ?

MONISTROL, empressé.

Oui... je vais aller vous les chercher.

CARAVAN

Mais non, ça n'est pas la peine ! (Il ouvre la porte.)

MONISTROL, *angoissé*.

Ecoutez, Caravan !

CARAVAN, *s'arrêtant*.

Quoi donc ?

MONISTROL

En venant... j'ai rencontré Verdurel...

CARAVAN, *refermant la porte*.

Tiens... ce bon Verdurel...

MONISTROL

Oui... et même il m'avait chargé d'une commission pour vous, je l'avais totalement oubliée...

CARAVAN, *revenant*.

Et c'était ?

MONISTROL

Il vous attend au café... vous savez bien... Oh ! c'est curieux... je ne me souviens plus... (*A part*) Envoyons-le le plus loin possible !.. (*Haut*) Ah ! si... au café de la Bastille... c'est bien ça, au café de la Bastille...

CARAVAN

A quelle heure ?

MONISTROL, *tirant sa montre, à part*.

Il est cinq heures ! (*Haut*) A cinq heures et demie... Vous n'avez que le temps et il s'agit d'un affaire importante...

CARAVAN

Ah ! ah ! (*Il tire sa montre*) Six heures ! mais il est trop tard alors... votre montre est arrêtée, mon cher... tant pis... je lui écrirai...

MONISTROL

Non... je me suis trompé... c'est à six heures et demie... que je voulais dire... six heures et demie... oui... il a bien dit six heures et demie, cet excellent Potardot.

CARAVAN

Potardot, maintenant ! Vous m'aviez dit Verdurel.

MONISTROL

Verdurel ! Verdurel ! mais oui... j'ai dit Potardot... où avais-je la tête... C'est Verdurel...

CARAVAN

Très bien ! Vous allez venir avec moi... nous allons fermer la porte et aller là-bas tout en nous promenant. (*Il prend la clef*) Venez-vous ?

MONISTROL

Je craindrais de vous gêner et puis j'ai une lettre à écrire...

CARAVAN

Vous ! nous gêner ! Quelle blague... Quant à votre lettre, vous l'écrirez au café...

MONISTROL

Autant que possible, je voudrais qu'elle parte par le courrier de six heures et demie...

CARAVAN

Eh bien ! écrivez-la ici... tenez... vous allez trouver tout ce qu'il faut... je vous attends... nous la mettrons à la boîte en passant.

MONISTROL

Non... ne m'attendez pas... ça n'est pas la peine filez devant... je vous rejoindrai...

CARAVAN, *riant*.

Ah ça ! on dirait que vous voulez vous débarrasser de moi !..

MONISTROL

Oh ! cher ami ! Comment pouvez-vous croire !

CARAVAN

Mais oui... Mais oui... je vous vois venir vous voulez rester ici... je comprends... vous attendez la propriétaire du corset... hein ? N'ai-je pas deviné ?

MONISTROL, *riant*.

Eh bien... oui... c'est ça... On ne peut rien vous cacher !..

CARAVAN

Il fallait le dire tout de suite... Restez tant que vous voudrez et amusez-vous bien... je me sauve.

MONISTROL

Merci... à demain à la Bourse !

CARAVAN

C'est ça... à demain... N'oubliez pas le canapé ! (*Il sort.*)

SCÈNE IX

Monistrol, Juliette, *puis* Caravan.

MONISTROL, *quand la porte se referme*.

Enfin seuls !

JULIETTE, *sortant de la chambre.*

Ouf !... il était temps qu'il parte...

MONISTROL

Ça n'est pas trop tôt... Mais j'ai eu une frousse de tous les diables quand il a ouvert la porte... Vois-tu s'il était entré ?

JULIETTE

J'en tremble encore !

MONISTROL

Enfin ! tout danger est écarté... je l'ai envoyé à la Bastille... mais ça n'a pas été sans peine... il ne voulait pas s'en aller...

JULIETTE

J'ai entendu...

MONISTROL

Maintenant, il s'agit de filer... prends tes lettres et ton corset...

JULIETTE

Les lettres... oui... mais le corset, je n'en veux plus, il le connaît trop maintenant !

MONISTROL

Tu le donneras... Mais ça ne fait rien !... nous l'avons échappé belle... car comment lui expliquer ta présence ?... Qu'est-ce que tu aurais dit ?

JULIETTE

Moi !... je lui aurais fait une scène et il aurait fini par me demander pardon, car il était dans son tort... pas vrai ?

MONISTROL

Absolument... Mais nous en parlons à notre aise à présent... J'estime qu'il vaut mieux que tout se soit arrangé comme ça... Je n'aime pas les histoires...

JULIETTE, *s'asseyant sur le canapé.*

Tu penses si j'avais le beau rôle... si je le tenais et qui sait ? peut-être même ne m'aurait-il pas reconnu avec cette voilette...

MONISTROL

Et ta voix ?

JULIETTE

Je n'aurais pas parlé !...

MONISTROL

Toujours est-il que maintenant le danger est conjuré... Nous allons partir...

JULIETTE

Tu es bien pressé !...

MONISTROL

Dame ! il me semble que ce ne serait pas prudent de rester davantage...

JULIETTE

Mais puisque tu l'as envoyé à la Bastille il en a pour un bon moment... Dis... si on en profitait...

MONISTROL, *à part.*

L'influence du milieu !... il n'y a pas à dire... c'est épatant !...

CARAVAN, *entrant sans les voir.*

Je reviens... j'avais oublié de vous laisser la clef pour fermer... (*Il se retourne*) Oh ! pardon... (*Monistrol et Juliette se sont levés.*)

MONISTROL, *abasourdi.*

Ah ! ah !... Vous revenez...

CARAVAN, *saluant.*

Madame ! (*Bas à Monistrol*) Eh bien ! mon cher, ça n'a pas traîné... Elle marche ?

MONISTROL, *bas.*

Je ne sais pas... Elle vient d'arriver. (*A part*) Ça va faire du joli tout à l'heure ?

CARAVAN, *bas en quittant son pardessus.*

Vous allez voir ça... car je reste, tant pis pour Verdurel ! Elle vient pour le corset ?

MONISTROL, *bas.*

Je ne sais pas !

CARAVAN, *bas.*

Sans doute ! je vois ça rien qu'à la voilette ! (*A Juliette*) Mais je vous laisse debout... (*Désignant le canapé*) Prenez donc la peine de vous asseoir. (*Bas à Monistrol*) Vous... affectez de ne pas regarder... ça pourrait l'intimider...

MONISTROL, *bas.*

Bien ! (*Il s'occupe à ranger les papiers du bureau.*)

CARAVAN, *s'asseyant aussi sur le canapé.*

Allons, voyons, causons un peu de nos petites affaires... nous sommes mariée ? (*Signe affirmatif*) Et nous trompons notre mari... ah ! vous ne voulez pas l'avouer soit... mais vous auriez tort de ne pas le faire. (*Signe affirmatif*) Là... quand

je le disais !... car sans doute votre mari doit être
un de ces maris désagréables, grognons, exi-
geants, égoïstes... (*Signe très affirmatif*) et peut
être aussi un coureur, un de ces polissons qui ont
une petite femme adorable et qui l'abandonnent
pour courir le guilledou. (*Signe de plus en plus
affirmatif*) Je m'en doutais ! Car il faut vraiment
que ce soit un imbécile, un goujat, même, pour
délaisser une jolie petite femme comme vous ! (*Il
lui baise la main.*) Et vous avez bien raison de le
tromper, vous ne le tromperez jamais assez... et si
vous voulez... Eh bien ! nous le tromperons ensemble... (*Il cherche à l'enlacer et reçoit une gifle
retentissante ; Juliette se lève et enlève sa voilette*)
Ciel ! ma femme !

JULIETTE

Oui... votre femme... qui sait enfin ce qu'elle
voulait savoir.

CARAVAN

Mais... ma chère amie...

JULIETTE

Pas de protestations... je vous prie... je sais à
présent où vous passez vos journées... c'est ici...
ici... où avec M. Monistrol votre complice...

MONISTROL

Oh ! Madame ! (*A part.*) Ça c'est bien trouvé
par exemple...

JULIETTE

Oui, Monsieur, vous êtes le complice des débauches du triste personnage dont je porte le nom...

CARAVAN

Voyons, Juliette !..

JULIETTE

Ne m'appelez pas Juliette... je vous le défends...
il n'y a plus rien de commun entre vous et moi...
et avant peu je ne serai plus Madame Caravan.
Ah ! elle est bien bonne ! Vous louez une garçon-
nière sous le nom de Leroy pour y attirer de mal-
heureuses femmes sur lesquelles vous assouvissez
vos hideuses passions... Tenez... vous mériteriez
que je vous dénonce à la police !

MONISTROL

Voyons... Madame ! (*A part*) Elle est très forte !

CARAVAN

Tu exagères !... et tout cela pour un simple...
flirt... une timide galanterie... une dame vient
ici... elle a ta tournure, ta taille, ton parfum... ça
m'a rappelé tant de choses que ma foi... Mais en
somme tu n'as rien de grave à me reprocher...
dans tout ça... il n'y a pas de quoi fouetter un

chat... et quel est l'homme qui n'en aurait pas fait
autant... C'est un hommage que je t'ai rendu...
voilà tout !

MONISTROL, *à part.*

Ça n'est pas maladroit... ça !

JULIETTE, *saisit le corset sur la table et le brandit.*

Et ça... que répondrez-vous ? d'où cela vient-il ?
c'est une de vos victimes, Monsieur le Don Juan,
qui a dû l'oublier ici... et ces lettres, ces lettres...
Ah !.. je suis bien sûre que si je les lisais... j'en
apprendrais de belles.

CARAVAN

Juliette, écoute, tu te trompes... ce corset, je
l'ai trouvé dans un fiacre...

JULIETTE

Et ces lettres ?

CARAVAN

Ces lettres aussi !

JULIETTE

A d'autres... je vais les lire... et j'y trouverai
de nouvelles preuves de vos turpitudes...

CARAVAN

Ne fais pas ça...

JULIETTE

Ah ! ah ! vous avouez...

MONISTROL, *à part.*

O les femmes ! les femmes ! Quels monstres !

CARAVAN

Non... je n'avoue pas... je veux dire que nous
n'avons pas le droit de les lire... ces secrets ne
sont pas à nous...

JULIETTE

Vous êtes bien scrupuleux ! Enfin... soit ! je
veux bien vous croire... voilà ce que j'en fais
de ces lettres... (*Elle jette le paquet dans la cheminée.*)

CARAVAN

J'aime mieux ça !...

JULIETTE, *montrant le bureau.*

C'est comme là-dedans... j'en trouverais du
joli !

CARAVAN, *tendant une clef.*

Oh ! tu peux regarder...

JULIETTE, *ouvrant un tiroir.*

J'en aurai le cœur net !.. Tiens, tiens !.. Voilà votre budget de débauches, un, deux, trois, quatre, cinq, six, six mille... Vous allez bien ! Et dire que vous lésinez avec moi pour une malheureuse robe de 25 louis !

CARAVAN

Eh bien... regarde comme tu me juges mal !.. Cet argent je le mettais de côté pour te faire une surprise... Oui... une surprise...

JULIETTE

Et vous me l'avez faite... elle est plutôt désagréable !

CARAVAN

Tu ne m'as pas compris !

JULIETTE

Si,.. je comprends que vous vous faites appeler Leroy et que vous mettez dans les journaux des annonces immorales...

CARAVAN

Mais non, mais non... laisse-moi t'expliquer. Leroy, ça n'est pas moi, c'est mon associé, un boursier, vieux garçon, un peu noceur... il fait bien quelques petites bêtises, mais il me fait gagner de l'argent... tu saisis ? c'est lui qui a trouvé le corset... les lettres... c'est lui qui attire les femmes ici... à l'aide des annonces. *(Coup de coude à Monistrol.)* Seulement je passe là dessus car il n'a pas son pareil à la Bourse, il me donne des tuyaux épatants et c'est grâce à ses conseils que j'ai réalisé ces petits bénéfices que j'amassais pour t'offrir un cadeau à ton choix... Là.. es-tu satisfaite maintenant que je t'ai tout dit ?

MONISTROL, *à part.*

Allons ! il ne ment pas trop mal !

JULIETTE.

C'est bien vrai ça ?

CARAVAN, *lui remettant les billets.*

Oui !.. tu me crois, n'est-ce pas ?

JULIETTE, *mettant les billets dans son corsage.*

A présent !.. Oui !

MONISTROL

Et vous ne me croyez plus complice ?

JULIETTE

Non ! *(Elle lui tend la main.)*

CARAVAN

Maintenant, m'expliqueras-tu ta présence ci...

JULIETTE

C'est bien simple je me suis renseignée et... je vous ai suivi... aujourd'hui, voulant vous surprendre ; je suis venue... monsieur Monistrol m'a reçue et vous êtes arrivé... Voilà !

MONISTROL

Ne parlons plus de ça, puisque le malentendu n'existe plus...

CARAVAN

Vous avez raison ! D'ailleurs, il n'est pas loin de sept heures ! Il faut aller dîner... Monistrol... vous dînez avec nous...

JULIETTE

Mais c'est que mon dîner est un peu court...

CARAVAN

Ce sera à la fortune du pot !.. Quand il y en a pour deux...

JULIETTE

C'est vrai ! Il y en a pour trois

RIDEAU

AUTEURS	TITRES DES ŒUVRES	Hommes	Femmes	Prix nets
Guillemand-de Marsan	Culotte à l'envers (La) d	15	10	loc.
De Roze et d'Arsay	Culotte du marié (scène) (La)	1	»	4 »
H. Duharnois	Curé Merveilleuse (La)	3	1	loc.
Saint-Paul	Dame aux bluets (La)	2	2	loc.
Lebreton-Moreau	Dans cent ans d	troupe	»	loc.
Pierre Achard	Dans l'Escalier	2	1	loc.
Sourilas	Dégrafée d	3	3	5
Mestre-Aubry	Demoiselle des Martigues (La) d	3	10	loc.
Cellier-Gramet	Demoiselles Plumemboy (Les)	3	4	loc.
Marc Sonal-Pierre Lautrey	Départ du régiment (Le) d	5	10	loc.
St-Paul-G. Rose fils	Dernière carotte (La)	3	2	loc.
L. Lefèvre	Dernier verre (Le)	2	1	4 »
F. Barbier	Deux amours de chandeliers	1	1	5 »
F. Matz	Deux avares (Les) d	2	1	8 »
Ch. Hubans	Deux coqs vivaient en paix	2	1	6 »
F. Gracia	Deux estafiers (Les)	2	»	2 »
Vallès-Garnier	Deux femmes de M. Gréchose (Les)	3	2	loc.
A. Condamin	Deux heures de retard	2	2	loc.
M. Chautagne	Deux muses (Les)	2	»	4 »
F. Barbier	Deux parfaits notaires (Les)	2	»	4 »
Hervé-Lecocq	Deux portières pour un cordon d	3	»	4 »
Gribinski	Déveine (La)	2	2	loc.
Moreau-Boucherat	Diable au Moulin (Le)	4	8	loc.
St-Paul-G. Rose fils	Divorcerons-nous	3	2	loc.
Gramet-Talber	Doigt coupé (Le)	troupe	»	loc.
Léon Laroche	Domestique pour rire (Un)	1	1	4 »
G. Rose fils	Don Juan de Montmartre	3	3	loc.
Saint-Maurice	Doubles Vierges (Les) d	troupe	»	loc.
L. Bouvet-Lebreton	Drapeau du Régiment (Le)	5	4	loc.
Sourilas	Drapeau jaune (Le) d	4	2	4 »
P. Muffat-L. Bouvet	Dudule	3	2	loc.
Bouvet-Sèvre	Dupont et Dupont	4	3	loc.
St-Paul et Rosy fils	Durandard est un bon garçon	3	2	loc.
Detlin, Boulay-Layrice	Duriflard	5	2	loc.
L. Bouvet-Schmoll	Echange de bals	5	5	loc.
De Lannoy et Lions	Echarpe (L')	4	2	loc.
J. Domerc	Ecole buissonnière (L')	3	»	3 »
Boulay-Layrice	Ecole des Cocons (L')	4	3	loc.
Yver-Septmons	Eh ! Ohé ! Ladrupette ! d	2	»	loc.
Trebla-Croisier	Elle ! d	4	1	loc.
Ed. Lhuillier	Elle débute ce soir	1	1	4 »
Delaruelle	El senor Piffardino	1	1	6 »
M. de Marsan	Empire du milieu (L')	3	2	loc.
Marsay	En colonne d	troupe	»	loc.
Danays et Morris	Encore un déraillement	3	2	loc.
Saint-Paul	Encore une revue	4	4	loc.
Lebreton-Moreau	Enfant des halles (L') d	3	2	loc.
Jallais Hubans	Enlèvement des Sabines (L')	troupe	»	loc.
Guillemand-de Marsan	Enfants d'Edouard (Les) d	2	3	loc.
Lebreton-Duroc	Enragés d	4	6	loc.
Gribinski	En répétition	4	3	loc.
Villebichot	Entre deux jardins	1	1	4 »
Lebreton-Duroc	Entresol d'Eugène (L') d	4	6	loc.
Garnier-Vallès	Erreur de Bridouille (L')	3	2	loc.
Banès	Escargot (L')	2	3	6 »
A. Pajol	Esprits d'Argenteuil (Les)	5	2	loc.
P. Pottier R. Duhreuil	Estime du Concierge (L')	2	1	loc.
D. Dihau	Eternel roman (L')	1	1	4 »
Deurel-Raydel-Trazel	Etrennes utiles	3	2	loc.
Garnier-Vallès	Exploits de Malichard (Les)	6	4	loc.
L. Bouvet-Ch. Debrantière	Extras de Baldohard (Les) d	4	4	loc.
St-Paul-G. Rose fils	Fais ça pour moi	3	2	loc.
F. Beauvallet	Faites le jeu, Messieurs d	3	1	loc.
Moreau-Gramet	Famille Nitouche (La)	3	4	loc.
L. Bouvet, J. Lévy-Roche	Family-Plage	6	4	loc.
Lebreton-Moreau	Farces du Printemps (Les) d	6	4	loc.
St-Agnan Choler	Faut du prestige (vaud.) d	3	3	loc.
Lebreton-Duroc	Faut que j'casse la g. à Baptiste d	5	3	loc.
G. Rose père	Faux cols d'Oscar (Les)	1	2	loc.
De Limay-Lions	Félicité	»	2	2 »
Flers	Femina d	troupe	»	loc.
Ch. Gabet	Femme de Valentino (La) d	2	2	loc.
Moreau	Femmes qui fument (Les) D	7	1	loc.
F. Chandoir	Fête à Claudine (La)	2	»	4 »
E. Duhem	Fête à M. le Maire (La)	5	2	4 »
Guillemand	Fenille à l'envers (La)	4	»	loc.
G. Fortin-A. Doyen	Fiançailles de Toinette (Les) d	1	1	loc.
Dorfeuil-Bouvet	Fiancé des Nourrices (Le) d	»	5	loc.
Javalot	Fiancés berrichons (Les)	3	»	3 »
Soulié	Fiancés du bonnet de coton (Les)	2	»	5 »
L. Vasseur	Fichue idée d	2	1	5 »
Brigliano-Talber	Fichue situation d	4	1	loc.
Liouville	Fièvre phylloxérique (La)	4	»	4 »
Berrié	Fille du charpentier (La)	3	1	5 »
Lebreton-Moreau	Fille du marin (La) d	8	7	loc.
Deurel, Raydel, L. Hervé	Filles de Corneville (Les)	4	4	loc.
Lebreton-Soudant	Filles de la Cantinière (Le) d	7	4	loc.
Lebreton	Filles du Charcutier (Les)	3	3	loc.

AUTEURS	TITRES DES ŒUVRES	Hommes	Femmes	Prix nets
Lebreton-Moreau	Fils à Papa (Le) d	4	7	loc.
Lebreton-Moreau	Fils de Gonape	4	4	loc.
Theulieu et Battaille	Fils de M. Alphonse (Le) (vaud.) d	5	2	loc.
Duroc-Mailfait	Five O'Clock de la Baronne	7	1	loc.
Villebichot	Fleuriste et typographe	1	1	loc.
Lebreton-Talber	Foire aux nichons (La) d	1	1	loc.
Pradels-Quinel	Fosse aux ours (La)	4	4	loc.
Lemonnier	Françoise les bas bleus d	troupe	»	loc.
Moreau-Soudant	Francs-tireurs de la mort (Les)	troupe	»	loc.
Lebreton-Baissier	Frangine (La) d	7	6	loc.
Lévy-Mérset	Fantrognon d	8	2	loc.
Lebreton-Moreau	Frère de lait (Le)	4	2	4 »
Carin-Tomy	Fripar's and Co d	3	9	7 »
Lebreton-Moreau	Friquet d	9	»	4 »
Cieutat	Furet (Le)	2	1	5 »
Moreau-Touzé	Gai gai mariez-vous !	4	3	loc.
Moreau-Darsay	Gaîtés du bastion (Les)	4	5	loc.
L. Bouvet et Arribat	Garçonnière de Dutocard (La)	3	3	loc.
Seraïne	Garde champêtre de Corneville (Le)	3	2	4 »
L. Dottin	Gendre de M. Duplantoir (Le)	3	2	loc.
Lebreton-St-Paul	Gontran se marie	3	2	loc.
B. Lebreton-Soudant	Gosse (La)	6	4	loc.
Froyez-Colias	Grand Duc Moleskine (Le) d	6	3	loc.
Lefort	Grand papa de la chanson (Le) d	4	1	5 »
Rose fils et Ryves	Greffeur (Le)	4	3	loc.
Lebreton-Blairat	Grenouille (La) d	4	2	4 »
Hervo-Merki	Grève des Boulangers (La)	4	2	loc.
Moreau-Marcus	Grève des facteurs (La)	8	2	loc.
M.-Brisac	Guerre aux hommes (La) d	8	7	loc.
Lebreton-Nicolaïe	Gueule d'Or d	6	6	loc.
Lebreton-Moreau	Héritière des Carapattes (L') d	4	4	loc.
De Marsan	Heureux gagnant (L')	2	1	loc.
C. Roland-A. de Lorde	Hermance a de la Vertu, 2 actes d	2	1	loc.
Villebichot	Hirondelles de la rue (Les)	2	2	3 »
L. Bouvet et S. Arribat	Homme du Parc Monceau (L')	3	3	loc.
Rose fils	Homme explosible (L')	2	2	loc.
Lebreton-Blairat	Homme pâle (L') d	2	2	loc.
Lebreton-Duroc	Hôtel d'Artistes d	troupe	»	loc.
Lebreton-Duroc	Hôtel de Noblepanne d	4	4	loc.
St-Paul-Rose fils	Hôtel des Fantômes (L')	4	6	loc.
Jarantière et Bouvet	Hôtel du lac bleu (L') d	4	4	loc.
Deurel-Raydel-Jost	Hôtel modèle d	7	7	loc.
H. Barbé-de Téramond	Huissier des bons jours (L')	5	2	loc.
Autigeon-Dourel	Hypnotiseur malgré lui (L') d	3	2	loc.
Mize-Bernède	Idées de M. Coton (Les) d	3	2	loc.
C. Roland	Il était une fois d	1	2	loc.
Bessière-De Néter	Ile de Nénuphar (L')	1	1	loc.
Briollet et Tinant	Ile Jaune (L')	3	2	loc.
De Lannoy et Lions	Indispensable (L')	2	2	loc.
Briollet et Arnould	Invalide à la tête de bois (L')	7	2	loc.
B. Lebreton et Blairat	Invalidés du Mariage (Les) d	7	7	loc.
Moniot	Jacotte	3	3	5 »
Liger-Aubrun	J'ai perdu Virginie	2	1	loc.
Nargeot	Jeanne, Jeannette et Jeanneton d	2	3	8 »
Michiels	Jefque et Trinne	1	1	4 »
St-Paul	J'en ai plein le dos	5	4	loc.
Lebreton-Soudant	J'épouse ma bonne d	5	4	loc.
A. Perronnet	Je reviens de Compiègne	2	2	5 »
Yvel	Jeune homme du Tunnel (Le) d	3	1	loc.
Bernicat	Jeunesse de Béranger (La)	3	1	6 »
Lebreton-Moreau	Jocrisses du mariage (Les) d	troupe	»	loc.
B. Lebreton	Joies du divorce (Les) d	troupe	»	loc.
L. Collin	Journée aux soufflets (La)	4	4	loc.
J. Férol	J'teux de sorts (Le)	7	2	loc.
François-Darys	Jules d	4	1	loc.
Herpin	Ki-Ki-Ri-Ki d	troupe	»	loc.
Soudant	Lâchée	5	2	loc.
De Marsan	Lebille est de logement	3	1	loc.
Desormes	Leçon de musique (La)	1	2	loc.
J. Clérice	Léda d	troupe	»	loc.
St-Paul	Leroy s'amuse	5	3	loc.
A. de Lorde	Lettre (La) d	1	1	loc.
Cazaneuve	Loi du pal (La) d	troupe	»	loc.
Barbé	Loup et l'Agneau (Le) d	2	2	loc.
Verneuil	Loupiot (Le)	3	2	loc.
Herpin	Lune de Miel (La) d	troupe	»	loc.
Moreau-Gramet	Ma Colonelle	2	2	loc.
Clairville fils	Madame la baronne d	1	2	loc.
Wachs	Madame le docteur	3	1	loc.
H. Maufréal-H. Blondeau	Madame Méphisto d	troupe	»	loc.
Yamena-Calval-de Théon	Madame Tubéreuse d	10	4	loc.
Lebreton-St-Paul	Mademoiselle le Docteur	2	2	loc.
V. Roger	Mademoiselle Louloute	3	2	loc.
C. Fiévet B. Piquet	Magicien (Le) d	4	2	10 »
Bessière-Marinier	Maire et Martyr d	4	1	loc.
P. Lémon-L. Schmoll	Maires	7	»	loc.
Talary	Maître Grelot	4	4	7 »
Levavasseur	Major Battapoil (Le)	4	1	loc.

Auteurs	Titres des œuvres	Hommes	Femmes	Prix nets
Talexy	Maître Grelot (Le)	4	1	7 »
Levavasseur	Major Battapoil (Le)	3	4	loc.
Bouvet	Major Purjotin (Le)	4	3	loc.
Lebreton	Mam'zelle Baïonnette	3	3	loc.
Moyne-Jacoulot	Mam'zelle Claudinette d	3	2	loc.
T'ar Nemo-Celval	Mam'zelle Culot	troupe	»	loc.
De Lajarte	Mam'zelle Pénélope d	3	1	7 »
De Champclos-Jacquin	Mamz'elle Puryné	3	1	loc.
François	Mandat (le) d	7	3	loc.
De Lorde-C. Roland	Ma Négresse d	1	2	loc.
L. Bouvet et Dottin	Mannequin (Le)	3	2	loc.
Jan Pierre et Morelo	Manœuvre à la chorale	3	5	loc.
H. Moreau	Marchande de choux-fleurs (La) d	7	6	loc.
Jouhaud	Mariages riches	1	1	8 »
Moniot	Marianne et Jeannot d	1	2	8 »
Tollet-Frot	Marié sans l'être	4	»	3 »
Moreau-Duroc	Marie jaloux (Les)	5	2	loc
Simiot	Mariés de Nanterre (Les)	1	2	4 »
Beissier-Sciama	Mars et Vénus	3	2	loc
Millou	Matinée du Prince (La)	4	5	loc
Moreau-Boucherat	Médjidié (Le)	3	1	loc.
Gresset-Bernard	Méfiez-vous d'Oscar d	3	2	loc.
E. André	Melon (Le) (monologue saynète)	1	»	? »
De Marsan	Ménage Blésimard (Le)	3	2	loc.
Moreau-Darsay	Ménage Poire (Le)	2	2	loc.
Desormes	Menu de Georgette (Le)	3	2	8 »
Ch. Gabet	Mérite des femmes (Le) d	4	4	loc.
Soudant-Moreau	Mimi Vadrouille	troupe	»	loc.
P. Achard et P. de Pitray	Minuit et demi d	1	1	loc.
Lebreton-Moreau	Miss Kissmy d	5	5	loc.
Beissier	Miss Million d	troupe	»	loc.
Mayrargue	Modern Styl	2	2	loc
Bessier-Moreau	Môme aux Camélias (La) d	troupe	»	loc.
Bessière-Ruffier	Môme aux grands yeux (La) d	8	6	loc.
Chassaigne	Monsieur Auguste d	1	1	? »
De Marsan	Monsieur Babolin	3	2	loc.
De Marsan	Monsieur de chez Maxim's (Le)	3	3	loc.
Paul Vallès	Monsieur Dutrognon	4	1	loc.
E. Bessière	Monsieur l'Inspecteur	2	4	loc.
Garnier-Vallès	Monsieur ma belle-mère	2	3	loc.
L. Rivaux	Monsieur Pâtemolle	2	2	loc.
Lebreton-Moreau	Monsieur Sans Gêne d	troupe	»	loc.
G. Fertin A. Dorian	Mort vivant (Le) d	»	»	loc.
Blairat-Neuillet	Mouche (La) d	5	7	loc.
Moreau-Touré	Mouche du Coche (La)	4	2	loc.
Pariot, Chanteclair-Cuvelard	Moulin d'Amour (Le) d	5	3	8 »
Joly	Myope et presbyte d	1	1	4 »
Desormes	Nègre de la Porte St-Denis (Le)	3	3	3 »
L. Dottin et G. Touzé	Nègre pour rire	3	2	loc.
Dorfeuil-Moreau	Nez de Cyrano (Le) d	troupe	»	loc.
E. Lhuillier	Nez enchanté (Le)	1	1	3 »
Lebreton-Blairat	Ninie la Rouquine d	5	3	loc.
Herpin	Noce à Grospoulot (La)	5	7	loc.
F. Barbier	Noce à Suzon (La)	1	1	4 »
E. Beissière-Noter	Noces de Lambiston (Les)	5	2	loc.
L. Collin	Noces d'or (Les)	2	1	5 »
Sachs-Damiens-Neuzillet	Nombikatus 1er D	5	7	loc.
Moreau-Rivaux	Nommé Baluche (Le)	1	2	loc.
De Marsan	Non Lieu d	3	»	loc.
Bouvet-Darantière	Nos bons touristes d	5	4	loc.
Lebreton-Beissier	Nos Marsouins en Chine d	7	4	loc.
Moreau-Gramet	Nos petites Chattes	3	3	loc.
Dorfeuil-Guillemaud-Dubarnois	Nos pioupious d	6	4	loc.
Lebreton-Moreau	Nos voisins d	6	6	loc.
V. Roger	Nourrice de Montfermeil (La)	2	3	6 »
Ch. Gabet	Nouvel Achille (Le) (vaud.) d	5	1	loc.
Touzé Prud'homme	Nuit de Noces de Beauflanchet	6	4	loc.
Jacobi	Nuit du 15 octobre (La) d	3	1	6 »
Rose père	Omelette au lard (L')	4	2	loc.
Dédé fils	Oncle et Neveu	3	»	3 »
Louis Bouvet	Oncle Maboulin (L')	4	4	loc.
Marc-Sonal-Gréhon	On demande des jolies femmes d	6	1	loc.
St. Paul	On parle Anglais	5	6	loc.
Bessière-Ruffier	Ordonnance Peruchet (L')	2	2	loc
St-Paul-G. Rose, fils	Ordonnance malgré lui	3	2	loc.
Berthelot-Roland	Othello chez Thaïs d	4	10	loc.
Pacra Emmecé	Où est le père	8	4	loc.
Dufils	Paille et la Poutre (La)	»	2	6 »
Boulay-Layrice	Palmé D	4	5	loc.
Billemont	Pantalon de Casimir (Le) d	1	1	6 »
A. Petit	Par autorité de Justice d	7	9	loc.
L. Rivaux	Parachute (Le)	3	2	loc.
Dorfeuil-Moreau	Paris aux Courses d	troupe	»	loc.
Febvre-Gréhon	Paris sans tailleurs	7	7	loc.
F. Barbier	Par la fenêtre	1	1	loc.
Lambert-Lebreton	Par la Gymnastique d	2	2	loc.
De Marsan	Par Téléphone	3	3	loc.
De Marsan	Partie Carrée	4	3	loc.
Henry Moreau	Partie de Campagne d	troupe	»	loc.
Ed. Lhuillier	Pasquinette	1	1	»
Bénédit-Jancourt	Pays Vierge (le) d	8	4	loc.
De Marsan	Peau Neuve d	3	3	loc.
Rosé, fils	Peintre de talent	2	3	loc.
Moreau-Darsay	Pension Carabin (La)	5	4	loc.
L. Bouvet	Pensionnat St-Amour (Le)	4	4	loc.
Albert Lambert	Père Suroit (Le) d	3	1	loc.
Offenbach-Roques	Péri-Colle (Parodie de Périchole)	2	1	2 50
Lebreton-St-Paul	Péril jaune (Le)	2	2	loc.
Perrault-Maty	Perruche de ma femme (La) d	4	2	loc.
Tréblat-St-Cyr	Personne	2	1	loc.
Landay	Petit Petit	3	5	loc.
Bouvet-Schmoll	Petit Assommoir (le) d	6	6	loc.
B. Lebreton	Petit factionnaire (Le)	4	3	loc.
L. Collin	Petit Spahi (le)	3	3	5 »
Lebreton-Moreau	Petite baronne (La) d	6	9	loc.
inas.	P'tite bête vit encore (La) d	6	1	4 »
Moreau-St Cyr	Petite Carmen (La) d	9	10	loc.
Lebreton-Moreau	Petite colonelle (La) d	7	3	loc.
Gribinski	Petite Etoile	3	2	loc.
L. Bouvet-St-Paul	Petite Fifi (la)	3	3	loc.
Lebreton-Moreau	Petites Menichons (Les) d	troupe	»	loc.
A. Petit	Petits lapins (Les) d	4	9	loc.
Maurey et Jimbu	Petits Trottins (Les) d	5	6	loc.
Lebreton-Moreau	Petits Zouzous (Les)	troupe	»	loc.
I. Clérice	Phrynette d	5	9	5 »
Celval-Fatueno-Gibard	Pichard d	3	2	loc.
André	Picotin (Le)	1	»	2 »
Lebreton-Beissier	Piston de Clémentine (Le)	3	2	loc.
Schmoll	Pitou	3	2	loc.
H. Alavoine	Plumechat et Cie d	4	6	loc.
H. Barbé	Plus que 1089 jours	3	»	loc.
F. Barbier	Points jaunes (Les)	1	1	5 »
Desfossez-Piccolini	Pommes d'amour (Les)	6	4	loc.
Zinob-Verdellet	Pompier d'Endoume (Le)	troupe	»	loc.
Gresset-Bernard-Letorey	Pompier d'Ernestine (Le) d	2	2	loc.
Audigeon-Dourel	Poste restante 222 d	4	3	loc.
F. Barbier	Poupée automate (La)	1	1	5 »
St-Paul-G. Rose fils	Pour avoir la fille	4	3	loc.
Fay	Pour qui le gosse ?	2	3	loc.
Lebreton-St-Paul	Pour qui volait-on ?	4	2	loc.
A. Lambert	Première brouille (la) comédie	»	1	loc.
Couturet	Premières amours d	4	1	loc.
F. Barbier	Premières armes de Parny (Les)	1	3	5 »
G. Rose fils-H. Ryvez	Prestige de l'uniforme (Le)	4	2	loc.
Moreau	Professeur de chant (Le)	1	1	3 »
De Ste-Croix	Pygmalion d	1	2	4 »
Lebreton	Quatre hommes et un Caporal	5	3	loc.
Garnier-Héros	Queue du Diable (La) d	troupe	»	loc.
Delilia-Héros	Qui va à la Chasse	1	1	loc.
L. Collin	Qui se dispute s'adore	1	1	3 »
Ch. Lecocq	Rajah de Mysore d	troupe	»	8 »
Villebichot	Réponse du Berger (La)	1	1	4 »
Millou	Repos du dimanche (Le) d	2	1	loc.
Moche	Retour de Colombine (Le)	2	1	4 »
Jacoutot	Retour de Kerdrec (Le)	2	1	4 »
Meugé	Retour de Margotte (Le)	1	1	4 »
L. Collin	Retour de Musette (Le)	1	1	4 »
Audigeon-Dourel	Revanche de Verluisant (la) d	5	2	loc.
De Marsan	Revenant de la rue de la Pompe (Le)	5	5	loc.
Audigeon-Dourel-Roydel	Revenants (Les) d	3	3	loc.
Marsèle-A. de Lorde	Rêves d'un soir	1	1	loc.
Lebreton	Revue à l'envers (La)	4	4	loc.
St-Paul	Revue interdite	4	4	loc.
Guillemaud	Rien des Agences d	3	2	loc.
Lhuillier	Risette	»	2	1 »
Ch. Thony	Robes et Manteaux d	5	9	loc.
F. Chaudoir	Roi Claquette (Le) d	3	»	6 »
Yvel et Briollet	Roi Koku (Le)	troupe	»	loc.
Desormes	Roland furieux	3	1	5 »
L. Desormes	Romance impossible (La)	2	»	2 »
Busnach	Rosière de Valentino (La) d	2	3	loc.
Michiels	Rosière d'Interlaken (La)	1	1	4 »
Ch. Gabet	Ruy Black (v.) d	7	6	loc.
Claments	Saint-Yvon (La) d	2	1	5 »
L. Rivaux	Sacré jour de l'an	6	3	loc.

AUTEURS	TITRES DES ŒUVRES	Hommes.	Femm.	Prix nets
L. Bouvet-G. Arribat	Sacré Jules	2	2	loc.
Briollet-Tinant	Sacré Vermillon	3	3	loc
L. Dottin	Sauvage malgré lui	3	2	loc
Ch. Lecocq	Sauvons la caisse d	1	1	5 »
Matrat-Febvre-Bonnamy	Septième Escouade (La) J	8	7	loc.
Darantière-Bouve	Sergent Sans-Souci ( )d	6	6	loc.
R. Planquette	Serment de Mme Grégoire (Le)	1	1	8 »
Lebreton-Soudant	Serment du marin (Le)	4	2	loc
Lebreton-Moreau	Signe de Léda (Le) d	8	8	loc
Ouvier	Simone et Boquillon	2	1	5 »
Lebreton-St Paul	Singeries de l'Amour (Les)	5	5	loc.
Marc Sonal-H. Moreau	Six filles d'Abélard (Les) d	7	7	loc.
Lebreton-Duroc	Soir de Noce d	4	4	5 »
R. Bollières-Malfait	Soirée bourgeoise	2	2	loc.
Lesarre	Soirée d'amateurs ... pochade	5	»	loc.
Lebreton-Moreau	Soldat I	5	5	loc
H. Gilbert	Son Amant	2	1	loc
Bernard-Gresset	Souffleur par amour d	3	1	loc.
Mevan	Soupirs du cœur	3	2	5 »
Briollet-Tinant	Source merveilleuse (La)	4	2	loc.
Damaré-P. Laurey	Sous-Préfet de Pézenas (Le)	4	2	loc.
Ch. Malo	Souviens-toi de Clémentine	2	1	4 »
Moreau-Darsay	Spiritisme des Familles	4	4	loc
Tac-Coen	Suzette, Suzanne et Suzon	1	3	loc
C. Roland et P. Berthelot	Symphonie en Jaune mineur d	1	1	loc.
A. Mesnil	T'amuses-tu Pingot	6	»	loc.
Levavasseur	Tante d'Amérique (La)	3	3	loc.
C. Roland	Ta pomme, Paris	3	10	loc.
Wachs	Tata chez Toto	2	1	4 »
Lemnereur et Primard	Témoin (Le)	3	1	loc.
Lambert-Lebreton	Terre-Neuve d	3	5	loc.
Saint-Paul et Rose fils	Terrible affaire	3	2	loc.
Briollet-Gerny	Testament Cracfort (Le)	8	6	loc.
Marc Sonal	Théophile	2	1	loc.
B. Lebreton-E. Blairat	Tisane des Boërs (La)	4	2	loc.
Chassaigne	Toc	2	2	loc.
Hervé	Toinette et son carabinier	2	1	5 »
Bassien de Garsse	Tonton d	3	8	6 »
Blanchard de la Bretesche	Torero de Lolotte (Le)	5	5	loc
M. Guillemaud	Toto la Rincette	5	5	loc.
Wachs	Totor et Titine	1	1	loc.
Huhans	Tour de Moulinet (Le) d	2	1	8 »
Bouvet-Febvre	Tournée Cabotin (La)	3	3	loc.
Cartier	Train des Maris (Le)	2	2	4 »
Moreau-Duroc	Tranquil'hôtel	5	4	4 »
Moreau-Darsay	Trente mille francs par an	2	2	loc.
Lebreton-Moreau	Treize jours d'un Parisien (Les) d	troupe	»	loc
Lebreton-Moreau	Treizième spahis (Le) d	troupe	»	loc.
Ch. Gahet	Trésor des Dames d	2	1	loc.
Lebreton-Moreau	Trio de troupiers d	7	5	loc.
H. Gilbert	Triple alliance (La)	5	2	loc.
R. Lebreton-J. Lebreton	Trois Cousins (Les) d	5	3	loc.
Lebreton-Téramond	Trois Gosses (Les)	4	4	loc
Bouvet	Trois hercules pour une femme	3	2	loc.
Bessière	Troisième du trois (La)	6	6	loc
Lebreton-Moreau	Trois Maçons (Les) d	4	2	loc.
L. Bouvet et G. Arribat	Troublante énigme	3	3	loc.
Rose fils & Ryvez	Trouvez un père	4	5	loc.
Grihinski	Truc au trottin (Le)	4	3	loc.
Guillemand-de Marsan	Truc de Binochet (Le)	3	2	loc.
Lambert-Lebreton	Truc du Pharmacien (Le)	4	1	loc.
L. David	Tu l'as voulu d	3	1	6 »
Héros-Jost	Tziganie dans les Ménages (La) d	troupe	»	loc.
Javelot	Un amour d'épicier	2	1	4 »
Bessière	Un attentat au bois	2	2	loc.
P. Lefaure	Un beau-père criminel	3	2	loc.
Cardet-Lannoy	Un bon ami	2	1	loc.
D. Fay	Un bon tuyau	9	4	loc.
P. Henrion	Un charcutier dans les fers	1	1	4 »
De Marsan	Un client pas sérieux	4	3	loc.
Chassaigne	Un Coq en jupons	1	1	4 »

AUTEURS	TITRES DES ŒUVRES	Hommes.	Femm.	Prix nets
Janès	Un domalade	2	1	5 »
Wachs	Un domestique pour rire	1	1	4 »
Moreau-Gramet	Un dragon pour deux	3	2	1 »
L. Roy	Un épicier peu commode	4	2	loc.
J. Laurens	Un futur sur le gril	2	1	4 »
Ch. Malo	Un gendre à poigne	2	2	loc.
H. Levavasseur	Un grand criminel	4	2	loc.
Pericaud	Un hercule qui ne veut pas se rouiller	2	1	4 »
St Paul	Un jour d'audace	4	2	loc.
Gambillard	Un mariage à la force du poignet	1	1	3 »
Ch. Malo	Un mariage au flageolet	1	1	4 »
Dauphin	Un mariage en Chine d	4	1	6 »
F. Bernicat	Un mari à l'essai	1	1	4 »
Pericaud	Un mari en grande vitesse	3	1	4 »
Moreau-R. Parault	Un mari somnambule	2	2	loc.
L. Collin	Un mauvais conscrit	2	»	4 »
Blanchard de la Bretesche	Un mois de clou d	3	2	loc.
B. Lebreton-St-Paul	Un Oncle pour deux	3	2	loc.
Chassaigne	Un 1er jour de ménage	1	1	4 »
Mayrargue	Un Sauvetage	2	3	loc.
F. Barbier	Un souper chez Mlle Contat	»	2	5 »
Bernicat	Une aventure de la Clairon	2	2	6 »
Lebreton-Blairat	Une Consultation d	4	3	loc.
Garnier-Vallès	Une Corbeille de Noce	5	3	loc.
E. André	Une drôle de Marquise	2	1	3 »
Claments	Une étoile d'antichambre d	2	1	5 »
Jouhaud	Une femme du quart de monde	2	1	4 »
Villebichot	Une femme qui bégaie d	3	2	6 »
L. Roques	Une femme tombée du Ciel	1	1	5 »
Villebichot	Une fille à trucs	3	1	4 »
Liouville	Une fille en loterie	2	1	4 »
Touzé-Monjardin	Une intrigue chez les Mouchamiel	2	1	loc.
Desormes	Une lune de miel normande	1	1	4 »
L. Collin	Une mariée sans mari	1	1	4 »
Ed. Lhuillier	Une marine à la vapeur	1	1	3 »
Desormes	Une mauvaise connaissance	3	2	5 »
Moreau-Darsay	Une mauvaise nuit	2	2	loc.
Moreau-Dorfeuil	Une nuit de Paris d	troupe	»	loc.
Bouvet-G. H.	Une nuit chez les Grafouillot d	4	3	loc.
Duhem	Une partie à Robinson	2	2	4 »
L. Martin	Une partie de pêche	5	4	loc.
Wachs	Une pleine eau à Chatou	2	1	4 »
Bernicat	Une poule mouillée	1	1	4 »
Lebreton-St-Paul	Une Rosserie	2	2	loc.
De Paniagua	Une sale Histoire d	3	2	loc.
Chassaigne	Une table de café	2	»	4 »
Robillard	Une tempête conjugale	1	1	4 »
Liger-Aubrun	Urticaire (L')	4	1	loc.
Habrekorn-Latourette	Vache à Palu (La) d	4	1	loc.
R. Planquette	Valet de cœur (Le)	1	1	4 »
St-Paul	Vase de Soissons (Le)	3	2	loc.
J. Walter	Végétariens (Les) d	7	2	loc.
Robillard	Vengeance de Ramolli (La)	2	1	4 »
L. Roques	Vénus infidèle (retour de mars) d	1	2	4 »
Autigeon	Vie de garçon (La) d	6	16	loc.
Lebreton-Moreau	Vierges du chahut (Les) d	5	0	loc.
Bouvet-Arribat	Vieux, le Melon et le Rat (Le)	4	3	loc.
Moreau	Villa des Gaffes (La) d	6	6	loc
Lebreton-St-Paul	Vingt-cinq minutes d'arrêt	2	2	loc.
Burani-Planquette	Vingt-huit jours de Champignolette d	6	4	loc.
Vallès-Talber	Vingt-huit jours de Gorenflot (Les)	7	3	loc.
Ratcée-Bordeaux	Vive la Classe d	6	3	loc.
Normand-Vallès	Vive les Bleus	7	4	loc.
Lebreton-Moreau	Vocation d'Isoline (La)	2	1	5 »
Jacobi	Voilà l'plaisir, mesdames	1	1	4 »
Ch. Hubans	Voiture à vendre d	2	»	4 »
Lebreton-Moreau	Volontaire de 92 (Le) d	7	1	4 »
Tac-Coen	Volontaire et vivandière	2	1	4 »
P. Talber-Delattre	Volupté des dames (La)	4	3	loc.
Guy-Nory-Marius	Zidore d	6	7	loc.

Livrets d'opérettes et de vaudevilles, net : 1 franc.

Vannes. — Imp. LAFOLYE frères

9 782019 918668